Schatzkästlein

für den badischen Hausfreund

Erinnerungen un Aktuelles in Muddersproch

von

Hans A. Poignée

Inhalt

Erzeuger zahle d'rauf

Des Wegkreiz

Wiesechampignons

Mei Charisma

Was Sterbende sich winsche

Nala

Mei Syrer

Raser

Mei Hausdiere

Überraschungsurlaub

Gruselgschicht

Sebaradischde

Von de Schibb gschbrunge

Warum I immer so domm gugg

De Pierre

Birdwatcher

Superior Suite

U-Strab (Volklied)

Eifihrung oder die längere G'schicht

Wenn mir net alles erzähle wolle, sage mir halt lieber: „Abber des isch a längere Geschicht." Un so isch des im Lebe heifiger. Mir erzähle uns viel zu wenig G'schichde. S'Lebe wär inderessander so und viele Mißverschdändnisse wirde mer net habbe, wenn mer uns mehr G'schichte erzähle wirde. Mei Boebachtung isch, das des au ganz schwierig g'worre isch, Leid zu finne, die gern zuhöre. Einige Leid kenn grad noch 2 Minute ufbasse, dann mache se schon en geischtiger Abgang. Des kommt vielleicht vom Fernsehe, weil do die Werbung so korz isch, un die Bilder vom einer G'schicht zur nägschde hoppse. Deshalb hab ich kei längere G'schicht gschriebe, sondern nur so Häpple, die mehr sich noch so kurz in de Schdrosebahn oder vor'm Eischlafe noch neiziege kann. So isch's hald. Kammer nix mache.

Held

Friher war ich a Held. An de Bahnschrank in Ettlingen Stadt hen ich mit einem beherzten „Stop" ein Menschenleben g'reddet. Heid denk ich mir: Was soll's. ai Handy wenicher.

<u>Albgrün</u>

Auf der annere Stroßenseit hängt die Nachbarin ihre Slips zum Trocknen uf. Sie haben kleine rosa Blümle. Unten auf der Stroß herd mer Musik. S'isch wie damals, in den Feiburger Hinterhof, als wir dem Leierkaschtenmann 50 Pfenning nunner g'worfe hen. Heit ist es ein BMW, aus dem sein Fenster liebliche House-Musik erklingt.

Wir werfen nix hunner. So viel menschliche Nähe, und das für 5000 Euro pro Quadratmeter.

Die Nackten und die Roten (für Norman Mailer)

Noch isch sie blass, die Haut von dem junge Mann, nackter Adonis. I will es ihm zurufen. Nimm ihn, nimm ihn den Faktor 50. Sonst gehörscht du bald auch zu den Roten.

Ruhe

En leichter Schwung mit der Motorsense schafft Ordnung in de Blumenwies. De Laubbläser schleidert das unnötige Blattwerk in de Fangkorb. Endlich isch widder Ruhe im Kartong.

Gesundheitsdienstleister

Wenn du glaubsch, es geht nemmehr,

auch en Hausarzt hat es schwer.

Er guckt dich a, dann auf's Display,

verschreibt a Pille und Ade.

Terroristen

Wenn ich les, dass schon wieder a Mann

Oder eine Frau

einer sogenannten Beziehungstat

zum Opfer gefallen isch

oder wenn ich lese,

dass en mieder LKW-Fahrer

oder ein Sportwagenfahrer

5 Menschen platt gemacht hen,

dann bin I so froh,

Dann kann ich sagen:

Wenigstens waren es keine Terroristen.

Herbst des Lebens

Seit I in Rente bin

Und morgens

Bis in die Puppen ausschlafe kann,

steh I,

I weiß net wieso

um sieben Uhr auf.

Angeln

Frieher fand I Angler doof

Schtändig aufs Wasser schauen

Dann wieder in den Trog

Ob nicht doch etwas drin isch

Bei jedem Zucken von dem Schwimmer

Nervös die Rute einholen

Die kleinen Fischchen wieder ins Wasser werfen.

Heute sag i mir:

A Angler kann abends wenigstens sagen,

was er g'macht hat.

Weihnachtsgedicht

Putin ist ein Russenmann,

der sich alles erlauben kann.

Lustig, lustig tralalalala,

und jetzt auch der Erdogan.

Erfolg und Ruhm

Manchmal denk ich mir:

Wenn jetzt RTL anruft

Und a Feature über junge Talente

machen möcht,

ob es sich lohnen würde zurückzurufen.

Ich geh halt gern am Sulzbacher Baggersee
bade

Und wenn I dann reich und berühmt wär?

Hinner und vor mir en Bodyguard.

Hinter de Pappeln wäre die Paparazzi.

Meine Frau wär sexy und blond

Und nach einem Jahr wird se sich

Wieder von mir scheiden lassen

Un lebenslang Unterhalt kassiere..

Irgendwann würd man mir das eine Ohr

von meim Sohn schicken und

2 Millionen Lösegeld fordere.

Wenn I Pech hätt wie Diana würde ich

Im Tunnel gegen die Wand fahren,

weil mich die Blitzlichter der Fotografen

geblendet hädde.

Wenn I dann tot wäre,

würden die Verleger a Schweinegeld

an mir verdiene,

weil nur tote Dichter richtig anerkannt sinn.

Und ich, ich würde mich totärgern.

Das Wetter heute

Wenn , nach den Tagesthemen

Die Meteorologinnen

Im August

Lange Hosen trage,

dann brauch ich kei Vorhersage mehr.

Das Land in dem die Zitronen blühn

Kennscht du das Land, wo die Zitronen blih'n,

Wo Baugrund noch bezahlbar isch, wo jeder
Bürger noch a Christ,

wo man als Mann nach Frauen pfeift, wo Obst

noch an de Zweigen reift.

Wo Olive, Tomate und Macho gedeiht,

Franziskus sein Bischöfe weiht,

wo Milch noch die Laktos enthält

und weißer Wein die Stimmung erhellt,

wo Müllmänner Eimer stehen lasse, sich

Deutsche rundum bräunen lasse,

wo Spaghetti und Lasagne zu Hause sin,

wo Midder glücklich über Kinner sin.

Kennst du es wohl?

Dahin, dahin, möcht' ich mit dir, Geliebte,

zieh'n.

Mei Mutter wird komisch

Heit Morgen, als ich die Zeitung aus dem Briefkaschte g'holt hab, war so a bsonnerer Himmel, so hellblau mit rosa Streifen. Da hab ich auf aimal an mein Mutter denke misse. Also wege denen Streife nadierlich. Mer guckt jo net immer nach denne Streife. Aber heit habe sich 6 Streife über unserem Haus gekreizt. Des muss etwas bedeute, hen i denkt. Also auf jede Fall bedeidet des, dass ziemlich viele Flugzeuge innerhalb kurzer Zeit ibber unser Haus fliege, zumindescht heit. Also, mei Mudder hat irgendwann mol gesehe, dass auf unserm Auto so komische gel-griene Punkte sin. Mir war sofort klar, des sin Pollen, von den Bem und so. Aber mei Mutter, wie g'sagt, scho a bissle komisch im Kopf, sie war scho ibber 70, hat meint, die

Flugzeig, die lasse die Scheiße von den Passagiere runnerdröble und dann kommo so komische Punkte auf unser Auto.

Jetzt, neilich, hab ich in de BNN glese, und was in der Zeitung schteht isch immer wahr, dass a Flugzeug auf dem Aflug nach Frankfurt ibber dem Pfälzer Wald noch kurz 10.000 Litter Kerosin abgelasse hat. Alla, hen I denkt, mit dem Kerosin, was so was wie Diesel isch, het ich mit meinem alde Drecksdiesel vier Mol um die Welt kurve kenne. Aber jetzt fallt mer scho widder mei Mudder ei.

Herbsttag

Uf de Wäschespinn wird nix mehr drogge,
de Sichtschutz zu de Nachbarn verliert sei gele Blädder,

die nackig Stadue im Garde fällt gar net mehr
uf unter de kahle Beem.

Abber dieser Dag isch drotzdem herrlich,
wie de Wind durch den Horbachpark fetzt
und die Sonn ihre lauwarme Schdrahle in de
hellblaue Himmel schickt.

Die Äpfel uf de Beem griege die richtige Siße,
Des Sauerkraut schmeckt jetzt bsonners zu
me Schäufele und de Grumbeere.

So solld de Herbst immer sei.

Erzeuger zahlen drauf

Also, es geht nicht um das, was sie glaube.
Nadierlich sinn Kinner immer deier. Es geht
um ein Bericht aus de BNN Ausgabe
246/2017 S. 25. Wichtige Nachrichte gibt es
da zu lese: Dee Obscht und Gemiesebauern
hänn dies Jahr wege dem Froscht im Frihjahr

und dem drockene Sommer a ganz schlechte Ernte ka. 60 % weniger Schtachelbeer, nur die Hälfte Erdbeer, 30 % weniger Johannisbeer. Und jetzt kommts, hald di fescht. Es gibt auch dieses Jahr nur noch die Hälfte von de Kirchen. Du hasch recht ghört, die Hälfte der Kirchen isch weg. Des schreibt die BNN. Aber net, ob die Gottesheiser am Froscht oder am die Hitz kaputt gange sinn.

Des Wegkreiz

In Ettlinge, an de Kreizung von de Schloßgardeschroß und de Wilhelmstroß, steht ganz unauffällig a Wegkreiz. Ma guckt scho gar net mer hi, wenn mer zum Cap-Markt laft, und lese, was druf steht, scho gar net. Frieher war do s'Exerle, also an Exerzierplatz, wo die Soldade glernt hän, dass mar net einfach tot umfalle duet, sondern ordentlich ein oinere Reih. Nach dem zweite Weltkrieg war des immer noch s'Exerle, bloß wollt keiner mehr exerziere. Deshalb war des unser Bolzblatz, außerum a paar Hecke und Beem, rechts die Baracke vom Bauamt, alles ziemlich verwildert. Do hen mir Fußball spiele kenne, ohne vorher jemand frage zu misse. Aber irgendwann had jemand g'merkt, dass des kai Rendite bringt, sozusage gar nix bringt, wenn ma eifach die Jugendliche do kicke lässt. Deshalb hat ma a riesige Klotz von aim Altersheim da nogschdellt, mit große Fenster zum Nausgucke uf an langweilige Parkplatz. Un do guggt au nie einer raus. Des einzige, was mer hat stehe lasse, war des Kruzifix. Un do schteht druff, dass des Guttäter gestiftet hädde. Also, I kenn Ibeltäter

aber Guttäter, des gibds heit nimmer, uf jede
Fall net beim Bau von Altersheime.

Wiesechampignons

Als I noch jung war, hat mi mei Mudder immer zum Friser geschleift. Do gab's dann immer die Klodeckelfrisur. Des geht so. Unnerumm wird alles ganz kurz rasiert. Dann kommt der gedachde Klodeckel uf die Dez und dribber wird alles lang glasse. Furchtbar. Erscht später hab ich kapiert, dass des die Frisur von de Soldade im 2. Weltkrieg war. Ma had's hald net besser gwiest. Als mer dann aufmipfig gworde sinn, mei Bruder und I, hän mer uns die Haar lang wachse lasse. Mir wollde halt au so a Pilzfrisur wie die Beatles oder die Stones. Mei Mudder isch nachts mit der Scher komme, um des Schlimmschte zu verhinnere.

Aber des wollt' e jo gar net erzähle, I hab mi mal widder verlaufe. Also, friher, wo alles besser war, I erwisch mi, dass ich efter mei Geschihte so anfang, des muss wohl des Alder sei. Also noch mol. Wenn mer friher bei uns uf de Robberg oder in de Kreizelberg gange isch, hat mer immer a Handvoll Marone, Sandpilz, Schopftintling und manchmal sogar a Nescht mit Schteipilz heimgebracht. Heit finsch nix me. Die Pilz sinn warscheinlich so verschreckt von den Abgase und vor allem von denen Mountainbiker, die so hinnerix durch die Wald rase, dass se sich ins hinnerste Dickich zurückgezoge hän.

Aber jetzt will I au was Positivs sage. Bei uns gegeniber, kei 5 Schritt us de Hausdier, baut einer sei Heisle um. Jede Menge Schutt un die uralte Tanne hat er schtehe lasse. Un was wachst do? Alle zwei Woche isch do a neues

Nescht von den feinschte Wiesechampignons. Des nenn I an Fortschritt, endlich Pilz-Lieferung frei Haus.

Mei Charisma

Die Woch hen I im „Fokus" glese, wie mer a Charismatiker wird. I hen glei denkt, genau, des bin I scho. Außer beim Frihstick, wenn mei Auge noch verquolle sin und I noch kei Kaffe getrunke hab.

Also, auf den Cover hän se gleich noch so a paar Kollege von mir abgebildet, so de Mick Jagger, de Muhammed Ali, die Marilyn Monroe oder die Michele Obama. Un ganz oben in die rechte Ecke, die Iris Berben. Also die Iris, ich weiß net so recht. Ich hab noch kei Film gsehe, wo se nicht die beleidigte Gosch gezoge het und die Schtirn in Falte glegt het, als mist sie ein furchbar schwieriges Problem lese. Vielleicht will se vermeide, dass die Leid un vor allem die Männer immer nur sage, sie sei halt a schene

Frau, aber sonscht nix. Oder ligts vielleicht am Botox, dass se nur noch ai Gsicht dricke kann, un des als Schauspielerin. Jedenfalls Charisma isch des net. Aber vielleicht isch des bei de Iris nur umgekehrt wie bei mir. Vielleicht zeigt sie morgens bei Frihstick ihrem Mann ihr dolles Charisma und blos mir merke nix davon.

Was Sterbende sich winsche

Also, des isch jetz a ernschtes Thema. Und wer's net here will, soll sich die Ohre zuhalde oder umbläddern. Es gibd so Bicher, sogar Beschseller, die so ähnlich heiße. Do wird dann vermudlich drin schtehe, dass die Sterbende sich winsche, sie hedde jede Gelegentheit am Schopf gepackt in ihrem Leben, dass se mol efter ins Urlaub hette gehe solle, und net nur nach Bad Tölz, dass se mehr Zeit mit Ihre Kinder hädde verbringe solle und ihre Liebschte efter in de Arm gnomme hädde. Erscht dann kennte sie ihrn Selefriede habbe. Ja hädde, hädde.

Also I, ich bin do ganz annersch. Wenn I wisst, ich häd nur noch a paar Woche zu lebe, dann wird ich in die Wald gehe zu meinem Lieblingsbaum, eine alte deitsche Eiche. Und do wird ich mir an Ascht aussuchen, lang und grad un so dick wie an Arm. Den wird ich dann mitnehme und dann wird ich alle den Arschlöchern, denen Karrierischte, dene Vorgesetde ohne Gnade un sonschtigem Gesinde de Ranze so verhaue, dass ihne Here und Sehe vergeht.

Dann, und erscht dann, häd ich meine Selefriede und kennd glickselig entschlafen.

Nala

Derf ich Ihne mei Enkele vorstelle? Wie hoist se denn? Nala, des isch afrikanisch und heißt Königin. So, so.

Als ich des ghert heb, hen I mi frogt, wie mer uf so en Name kommt. Mir isch scho klar, dass ma heid sei Bub net mer Kevin nenne kann oder gar Donald , die Mädle heiße auch nimmer Chantal. Des scho gar net. Aber muss es denn so was von ganz weid weg sei. Wir wär's mit Aylin oder Tarek, Abdullah oder Yasemin. Aber irgendwie komme diese Name net a.

Mei Syrer

Also, die meischte Leid, die henn noch nie an Asylant von nahem g'sehn. Aber sich's Maul verreißen, wenn die testosterongesäddigde

Afrikaner ame Mädle an den Bobbes lange. Also ich bin do Fachmann. Ich hab mol a weile Asylande underrichtet, in richtigem Deitsch nadierlich. Ich kann Ihne sage, do gab's Hallodris dabei, die hen jede Ausrede quist, wie sie sich vor der Schul hen dricke kenne. Ich muss zum Jobsender, uf die Poscht. Irgendwann hen I denkt, I sag nix mehr, wemmer so bled isch, dass mer die Schons net nutzt, soll mer grad...

Die bessere in de Klass hen fleißig glernt und a scho Praktika gmacht. So was von fleißig. Un die beschde, des waren 2 Bube und zwei Medle aus Mazedonien, hen mi Sache gfrogd, da hab I selber fescht nachdenke misse, weil, in de Deutsche Sprach isch net immer alles logisch. Un immer sage, des isch halt so, isch scho a bissle peinlich. Also, die vier waren super, hen schon an Arbeitvertrag in de Dasch kappt und dann hat mer se nadirlich abgschobe, weil Mazedonien kei gfährlichs Land isch. Die arme Kinner, so depperte Birokrate, zwei Monat späder had mer die Politik wieder geändert und sie hädde wieder komme kenne. I krieg die Kris.

Also, des mit de Schul hat me ziemlich genervt. Deshalb hab I mir meinen Privatsirer ausgsucht. Der war mit Mudder und zwei Schwestern allei uf de Weld, de Vadder hat de Assad uf em Gwisse. Er had scho Abi kappt, aber nadirlich musst er alles nach de middlere Reife noch amol mache. Der had glernt, mit Bicher und CDs, mit Fernsehen und mit mir, stundenlang, jeden Tag, BWL, Englisch und gehobenes Deitsch, also richtiges nadierlich. Ich hab mir richtig Mih gebe müsse.

Eimal hab I ihm d'Mardinskirch in Ettlingen von inne gezeigt und ihm erklärt, was die halbnackige Pudde zu bedeide habbe. I glaub, s'had ihn net iberzeigt, dass des Engel sei solle, denn die gibt's im Islam a. Er hat jedenfalls jeden Tag mehrmals de Teppich ausg'rollt. En religiöser Mensch wie aus em Bilderbuch. Ich hab ihn Mal g'fragt, wie ma in Syrie sei Freizeit verbringt. Also, scho annersch als bei uns. Do besucht ma de Onkel und am nächste Wochenende de Schwoger. Und weil mer so viel Verwandschaft hed, wird's nie langweilig. Ich kann mir ja so was net vorschdelle, so ohne Kino, Disko und Fernsehe. Aber wenn I ganz ehrlich bin, bin I au a gleins bissle neidisch.

Raser

I hab so a komische Aquonheid, I will immer alles verstehe. I weiß, des isch nervig, vor allem , wenn de Leid dann a noch meine Erklärunge ufd Nas binde will. Kammer nix mache.

Also, I hab mir ibberlegt, warum es so viele Raser uf de Stroße gibt. Neilich widder, uf de Audobahn, he mi fascht einer von hinne mein Audo blatt gmacht. Wenn e nett noch ganz schnellt weid nach rechts ausgwiche wär, hets sicher Dode gebe in einere Massekarambolasch. I hen son Schreck griegt, das mers Herz fascht in d' Hosedasch g'rudscht isch.

Und heid hab ich die Idee, warum es also so viele Raser gibt. Hen Sie so mol gesehe, wie die junge Fraue heid ihre Kinderwäge fahre?

Friher ware des langsame Schese, mer hat die Kinner aglechelt und nadirlich die Nachbarn a. Mer had die Kinner immer gut eigwickelt, bis hoch unner die Nas und liebvoll rausgnomme, wenn sie quengelt hän. Heid gucke die Kinner nach vorn, wie in em Kabrio, die Midder griege nadirlich net mit, was vorne bassiert, weil sie gleichzeidig noch middem Handy spiele oder Musik here. Un fird Fittness schiebe se de Kinnerwage so schnell, denn des ich ja Multitasking, Fittness uns Kind and Luft bringe. Die Kinner vorne habbe erscht furchtbar Angscht. Des muss fir die Wirmer so sei wie fir die Erwachsene uff der Achterbahn. Aber mit de Zeit gebe se wahrscheinlich uff und se denke, es muss immer so schnell gehe im Lebe. Und jetzt, verschtehe se, so isch des mit de Raser.

Haustiere

Jeden Tag her ich se scho i aller Frieh, wie se ihre Hund ausfiere. So viel Hund heds friher net gäbbe. Ma sagt ja, das letzte Kind hat ein Fell. Oft denk ich, a paar Kinner mehr wäre mer lieber. Mir hen friher au a zuglaufene Katz ket, Kanarievegel, die sogar Oier glegt hebbe und an liebe Hund. Wenn den grufe hasch „Mingo, kommsch oder kommsch net", konnt mer sicher sei dass er kommt oder eben net. Wenn net, dann war er im Wald und kam mit bludige Lefze zrickt. Heit liegt er scho lang in unserm Garde unner de Erd.

I hab lang ibberlegt, ob mir uns net doch noch im Alder an Hund zulegen solle. Aimal wegen dem Fell und außerdem gibt's ja widder Welfe im Wald. Do muss nadirlich a richtiger Hund her, so an Rehpinscher oder annere degenerierde Rasse komme mer net ins Haus. I hen an an Mastif de Léon gedacht, von dem hab ich glese, die schitze heit noch in der spanischen Hochebene die Schafherde. Ein Biss vom Mastif und en Wolf macht kei Muxer mehr. Aber dann hen I wieder an des nasse Fell denke misse und an die Kackdiede, die mer immer mit sich romdrage soll. Also, nix middem Hund im Alter.

Aber jetzt hab ich die ideale Lesung gfunne, das ideale Haustier. In unserm Garde schteht an Mirabellebam, dem hab I beim Lump in Schluttebach gschenkt kriegt, weil der hed gsagt, der taugt eh nix und bringt kei Fricht. Ich hen en trotzdem eingflanzt und siehe da, er wächst und gedeit, isch fast scho vier Meder hoch. Mirabellen had er allerding noch nie gedrage. I heb mi scho widder verzeddelt.

Also, auf dem Mirabellebaum sitzte dieses Jahr a Menge Spatze und Blaumeise, also wirklich ganz viele. Un die gugge mich schon beim Frihstick so inderessiert durchs Fenschter a.

Friher, als ich mol alloi in Paris war uns in de Jugendherberge kei Platz mehr gab, bin i in de Bois de Boulogne gange, der Rucksach über de Zaun gwuchtet und mir im Moos a ruhiges Plätzle zum Schlafe g'sucht. Von wege Pfiffedeckel. Kaum sinn mir die Auge vom lange Rumdabbe zug'falle, gings über mir los. Ugloge, sicher 200 Vegel hen sich uf em Baam niederglasse, und nadirlich genau über mir und hen net Piep, pieg gemacht, sondern hen ganze Opern gequatscht. So was heb I noch nie erlebt, von wege Vegel kenne net rede. Des hen se sicher nur gmacht, weil se gemeint hen, sie sin unner sich und mich in meim grine Parka gar net gsehn hen. Also, ich weiß Bscheid, und wenn sie zu mir ins Fenschter gugge, weiß ich, die denke sich was dabei, vielleicht, jetzt gugge mer alle so lang, bis er weich wird. I bin gleich weich gworre und heb denne Sonneblumekerne ins Vogelheisle neigosse. Seither sinn mir die beschte Freinde. Jede Morge gugge se nach mir durchs Fenschter, wenn des nix nitzt, kacke se noch a bissle vom Mirabellebaum runner und dann kenne se sicher sei, dass ich mei Haustiere versorg.

Überraschungsurlaub

Also, wenn se des noch net gmacht hen, ich kann's nur wärmschtens empfehle. Sei mer mol ehrlich, wenn mer vorher scho alles weiß, wenn mer im Katolog oder im Indernet scho die Bilder vom Hotel und vom Schtrand gsehe had, oder sogar im Reisefihrer glese hat, wo die nägschde Tourischtemärkte sin, wie die schenschde Kirche oder so sin, dann isch's kei richtige Iberraschung mehr.

Wenn mer dann heimkommt, gibds net viel zu erzähle, so, wie wirs Wedder un wie war's Esse und dann gibt schon nix mehr zu erzähle.

Ganz annerscht bei so em Iberraschungsurlaub, mer weiß nur in welches Land sheht, aber sonscht net viel. Wir fande es prima, des Hotel a bissle aus der Zeit gfalle, so wie in de 60-er Jahr, des Esse so wie in de Kantien, aber ebbe griechisch, am Schtrand nix außer alle paar Kilometer a Kaffeele, echt nix, nix Schrandstuhlreihe, nix Discogedrehn, kei Bananabood, kei Scooder, einfach nix los. Die Kinner ware begeischtert, niemand hän se gschtört, wenn sie fange gbielt hen oder Sandburge gebaut. Fir uns war's a Entspannung pur. Ich hen a Vespa g'miedet, bin iber die Berge g'saust zum Dauche in erre einsame Bucht mit echte Fisch unnerm Wasser.

Un, jetzt kommt's, a richtige Iberraschung gab's au. Als I iim nächschde Ort war, un wolld Geld umdausche in de Bank, fährt en Modorrad vor, un zwei Männer komme in die Bank und I denk noch, dess isch net heflich, wenn mer die Helme net absetzt. Des war aber Absicht, sie henn a Schrotflint und en Revolver rausgezoge, hen irgendwas uf griechisch grufe, I heb a Weile gebraucht, bis I gmerkt hab, dass des kei Spielfilm isch sonnern echt. Also, I hen denkt, erscht mol die Arme hoch, so macht mer des doch in dene Filme. Irgendwie war I dabei ganz entspannt, die hinnerm Trese hen aber viel Arbeit kappt, weil die griechische Drachme war irgendwie nix rechts wert, und deshalb hen se ganze Brickets voll Geldscheine den Reiber in die Plaschtikdied g'legt. Dann ware sie ganz schnell drauße und sinn mit dem Motorrad ab ibber alle Berge. Erschd dann hen I angfange zu ziddern, und wie. Als dann die Bolizei nach are Vierdelschdund endlich komme isch, aber lasse mer des.

Jedefalls hen Ich so en Schock davogedrage, dass I jahrelang vellig verengschdigd war, wege dere Iberraschung, damit hen I nadirlich net grechnet. Des war wirklich was zum daheim Erzehle. Des Blede war nur, dass i immer, wenn I a Modorradfahrer mit Helm gsehe hab, mir vor Angscht fascht ind Hose gmacht hab.

Irgendwann hen I denkt, so geht's net weider. Also hab I allen Mud zusammeg'nomme und hen me beim Glaser in Eddlingen, also den kenn i von friher, zum Modorradfihrerschei a'gmeldet. Un des mit 50. Mei Fra hads prima gfunne, aber me Freinde und Bekannde hen wahrscheinlich de Kopf geschiddeld ibber so an alder Schpinner. Aber I hen mer des scho gut iberlegt ka. So en Fihrerschei koscht nähmich deitlich weniger als a einjährige

Psychoderapie. Und jetzt kommt's: Von dem G'schparte hen I mir au klei noch a Suzuki Savage gekauft. Also, wenn des kei Überraschungsurlaub mit Folgen war, dann fress ich en Bese. Un Angscht vor Hotorradfahrer hen I au nimmer.

Gruselgschicht

Die meischte Gruselgschichte sinn gar net wahr, kei Undoder greift in de Nacht ibber die Nachtdischle oder zuggelt an deiner Beddeck rum. Un es gibt au sicher kei Gschbenschder, die die Diere knarre lasse oder Kedde hinder sich herschleife. Un die Hexe. Naja, als Kind heb i schon ziemlich oft von ner Hex gedreimt. I hen so a Angscht keppt, dass I schweißgebadet uffgewacht bin und manchmal au um Hilfe gschriehe heb, weil die Hex me wirge wollt oder sonscht was. Aber in echt gibt's kein Hexe, au wenn manchmal oiner des zu seiner Schwiegermudder sagt, aber nur, wenn se net dabei isch.

Aber die Gschicht isch echt wohr. Also, I muss so grad mein Fihrerschei gmacht habbe, do had mich mei Bruder, der immer Schlag kappt hen bei der Mädels, iberredet, mit Ihm nach Frankreich ans Meer zu fahren. Und leider net allei, weil der hat a Freindin kappt, die war wahrscheinlich so 14 Jahr ald und die wollt der mitnehme. Jetzt wäre se frage, was des mit Gschpenschter zu tun hat, und sie hen recht, nix, aber des isch die sogannde Vorgeschichte und ohne die Vorgeschichte ischs einfach net so klar, also, Geduld.

Des Mädle had en Onkel kabbt, der se gedeckt hat, der versproche hat, dene Eldern zu sagen, dass se beim Ihm und bei de Tande isch, und des kam späder raus un es gab en riese Kladaradatsch, aber des hed jetzt wirklich nix mit der Gschbenschtergschicht zu dun.

Also mir drei sin mit meiner Ende nach Saint Malo g'fare und wollde eigentlich in de Jugendherberg ibbernachde, aber wie immer, wenn mer se braucht, isch die ausgebucht. Mir hen, es isch scho langsam dunkler gworre, die Ende umgebaut, Hinnersitz raus, die Kande mit Decke ausgschopft, uns in die Schlafsäck gepackt un hen versucht zu schlafe. Aber zu dritt isch es ebe ziemlich eng hinne in de Ende und ,shadd schdändig gedrickt und gezoge.

Deshalb bin I nochmal naus und hen geguckt, ob's in der Schros net doch a Meglichkeit zu schlafe gäb. Do war au dadsächlich a Neibau im Rohzuschdand, ich mi neigschliche mid dem Feierzeig un hab alle Ecke unnersucht, obs do vielleicht neiregne kennt, oder obs zugig isch. Am End hab ich im zweide

Schdock a Eckle gefunde, einfach ideal, s'hat au scho agfange zu drebble und in der Ende hert sich des immer a wie a furchbares Quidder. Also hab I gdenkt, des isch obdimal fir bis morge frieh.

Aber irgendwie hab ich a komischs G'fiel kedd und bin dann doch in den sauenge Wage z'rick g'schdiege. In den Nacht hads dann wirklich saumäßig gedonnert und gerummst, de Rege isch auf die Ende nabgeprasselt, dass mer kaum a Aug had zumache kenne.

Em Morge had's aufgelockert und ich heb gedenkt, schausch der den Neibau nochmol genauer a, vielleicht doch in den nächschte Nacht a bissle komfortabler. Ich schdeig nuff in de zweide Schdock und will zu dere Eck dabbe, die so prima wahr. Aber do, wo die Eck war, war nix mehr, a riesigs Loch, die

Außewänd weg, durch de Bode hed mer ei Schtock diefer gugge kenne. I glaub, do heb ich zum erschte Mol an Geischter glaubt, aber an gute.

Sebaradischde

Wenn heid Fernseh schausch, bringe se schdändig was ibber die Sebaradischde in Spanien, diesmol net de Baske, die hen friher glei Bombe gworfe, wenn se ihre Wille net kriegt hen, sonnern die Katalane. Des liegt uns als Deitsche am Herze, weil an de Koschta Brava de drenge mer uns jedes Johr wie die Heringe uffem Zeltplatz un am Schtrand. Friher, wo alles besser wohr, sinn mei Eldern mit dem selbstgenähte Zelt – mein Mudder wahr Schneidermeisterin – und dem Gestänge, was mei Onkel, also ihrn Bruder gschwöst hat, and Koschta gfahre. Do war en Campingplatz, heit wird mer sage a Abschtellplatz fir Zigeiner, jedenfalls außer em Plupsklo und en Wasserhohn gab's do net fiel. Abber des Wasser wahr herrlich, wenig

Leid, un en prima luschtiger Platzdard, den hen mei Eldern „Ihh" getauft, weil er immer, wenn er sich g'freit hed, immer so en langes „Ihh" von sich gebe hod. Eimal hen se sogar an Kinofilm an dem Schtrand gedreht, mir Kinner sin immer zwische de Pirade dorchgrennt und die Kameraleid henn jedes Mol frisch drehe misse. ,Swar sicher an deire Film, am End.

Jedefalls die Sebaradischde mache jetzt viel Schtunk, un ihr'n Afierer heißt Putsch-Demon. Also wemmer den Name hert, weiß me glei, was des fer en Kerl isch, Pusch-Demon. Also so was Verrricktes, wolle a eigenes Land, midde in Spanie. Obwohl, als I'n Schieler war, des muss so um 1970 gwä sei, wollde mir Badenser au unabhängig sei, also von den Schwobe. Damals hen mer a

Schielerzeidung ket, wo mer so nette Geschichtle von Lehrer un Schieler hed schreibe dirfe. Aber I, immer dabfer usm Fenschter glehnt, hen an Ardikel für die badische Sebaradischde geschriebe. Glei hen I zur Rektorin, de Frau Zollner, komme misse und bin zammegschisse worre. Dabei hen I ganz sachlich argumendiert ket. Z.B. dass mir aufg'falle isch, dass die Schdros von Ettlinge nach Bad Herrealb grad do a ordendliche Asphaltdecke had, wenn's nibber zu den Schwobe geht. Vorher war des blos so en holbriger Stolberschdros. Außerdem breichte mer in Karlsruh kein neies Parlament, des Schloss hedde mer scho. Des wär scho a Erspornis. Jedefalls gab's dann doch a richtige Volksabstimmung, leider fir Baden-Wirdeberg. Die Schwobe ware uff jede Fall schlauer als die spanische Nazionalregierung un henn kei Polizei geschickt, um die Wahllokale abzuschberre. I sag hald immer, friher war alles besser.

Ökobilanz

Die Leid denke immer, wenn se de Sache en annere Name gebe, wär's was ganz Neies. So wie Ökobilanz odder Klimawandel oder Recycling. Des isch abber Quatsch, des hed's alles scho gebe. I weiss noch, in Freiburg, wo I her komm, gab's mol en Winder, wo mer hed Iglus baue kenne, mer hed richte Gäng grobe misse, um ussm Haus naus zu komme. Erscht viele Johr schbeder, in Ettlinge am Horbach, hat des mol widder geklabbt. Ansonschte hedsch mol am Kreuzelberg Rodle kenne und dann hald widder net. Mol isch de Sommer verhageld und dafir die Oktober sonnig und warm gwä, un dann widder umgekehrt. Alleweil bringe se im Fernseh un im Radio des Wedder, un wenn's nachher net schdimmt, sage se am nägschde Dag was anners. I gug zum Fenschter naus nach Weschde, denn do kommt's Wedder bei uns her, un dann weiß ich, wie heid 's Wedder wird. So richtig ernscht wird's middem Klima erscht, wenn widder a Eiszeit kommd. Schifahre und Schlidderudsche isch ja sche, abber net 2000 Jahr lang. Also, se merket scho, von dem Klima hen I kei rechte Ahnung. Abber von Recycling. Friher hen mer bei meim Onkel in de Hildebrandschros in Dorlach g'wohnt, un wenn's Kicheabfäll gen ho, hedder die net ind' Milldonne gworfe, sondern im Schrebergarde de Hihner und

Hose verfidderd. Un an Oschtern und Weihnachde gab's dann ausnahmsweis en Hose – oder Hihnerbrade. So war des middem Recycling. In die Kich hen mer so a Badewann kett, in der mer hat sitze kenne. Do hen zuerscht die Erwachsene und dann die Kinner gebaded. Zum Schluss war's Wasser dann net mer so sauber, aber's hat immer noch gebuddst. Und was wird mer heid zu so was sage? Des war a prima Ökobilanz.

De Ettlinger Linie

Wen mer en Schbaziergang ibber de Kreizelberg macht, kommt mer an so komische Welle vorbei, ganz lang zihn se sich dorch de Wald. In Schbessert sin se bsonners tief, die Gräbe und die Bube sause mit ihre Dirt- und Moundenbikes nuff un nunner.

Friher, als ganz frih, ging's do net so luschdig zu.

Des ware Verteidigungsschdellungen von de Habsburger im Krieg mit de Franzose. Des hat Spanischer Erbfolgekrieg g'heise, also wer in Spanie König sei darf. Un wer had mid de Franzose gekämpft, die Bayern. Ich sag dazu nix. Un mit de Österreicher, do schau na, die Engländer und die Holländer. In de Schul, beim Sauer, unserm G'schichtslehrer, Gott hab ihn selig, hab i nie verschdanne, wer warum und wann mit wem sich ibber was net nur schdreided, sonnern au Krieg fiert. Also, was inderresiert so en Soldat aus Bayern oder aus England, wer in Spanie König wird? Ganz friher henn se manchmal scho gschbonne.

Abber hald. Wieso sen eigendlich die Amerikaner in Afganischdan und zwibble die leid so, dass sich die bis zu uns nach Deitschland, sogar nach Baden flichte? Un was mache mir Deitsche eigentlich in Afrika außer Schwitze? Vielleicht wär's verninfdiger, unsere Soldade wirde die Ettlinger Linie erneiern, damit die Bube besser mid ihre Dirtbikes fahre kenne. Un noch ebbes, nach dem Erbfolgekrieg had mer die Gräbe soggar noch mit Wasser gfilld, damit's noch besser schitzt. Des kennt mer au noch mache, dann hedde mer in Ettlinge endlich en Adventure-Park, odder?

Von de Schibb gschbrunge

Wenn mer scho so viele Jahre uffm Buckel hed, derf mer gern Mol zrick denke. Also, friher war jo alles besser, es gab kei Derrorischde, nur noch die, die von de Nazis ibrig bliebe sin. Z.B. de Duzfreind von meim Vadder, die zsamme die CDU in Bade-Wirddeberg gegrindet hen. I hed sicher Karriere gmacht un wär Studiedirektor gworre und kei einfacher Lehrer, wenn I von dem Duzfreind Vitamin B kriegt häd. Leider isch rauskomme, dass er als Richder noch kurz vor de Kabidulazion Deserdeure zum Tod verurdeilt hat. Un des ging halt als Minischterpräsidend net, auch net damals, als alles besser war. So war des friher bei de Derrorischde. Ma konnt net sicher sei, ob eim net son verrickter Hunndertfufzigprozediger net umbringt oder umbringe lasst.

Überhaupt, des middem sterbe des ich so a Sach, richtig ugrecht geht's do zu. An besonnere Mensch, an Klassekamerad von mir, der so was von nett war, des hasch kaum aus'halde, der schtirbt einfach mit 50 Jahr. Mir sind zu dridd von de Klass zur Beerdigung gange, weil sich des so g'hert und damit wenigschtens a paar Leid do sin. Aber Pfiffedeckel, des war so voll, die Adachtskapell im Eddlinger Friedhof hed net g'langt, die Leid sinn bis naus g'schdanne. De Hans, so hies er, war so was von beliebt, sogar noch im Krankehaus, wo er dodkrank war, hed er sei Witzle gmacht und heg a gude Schdimmung verbreided.

Bei solche Gelegeheide denkt I zrick, wie oft I au dem Dod scho von de Schipp gschprunge bin. Ich merk, mer vergesst so Siduatione ziemlich schnell und grindlich, aber wenn mer sich mih gibt, kommd die Erinnerung widder. Mei Oba solld mol in Freiburg im Stadtgarde uff mich aufbasse und had net guggd und I bin in a Becke gfalle. Er hat me grad noch am Schopf aus dem sasse, tiefe Wasser rauszobbelt. Dann sinn mer in a Bekeidungsgschäft gange und er hat mer neie Hose, Unnderhos und a Hemd gekauft, weil, swar ja alles nass. Die Hos hab war nadirlich viel zu groß und I hen die so geliebt, die hen I sogar noch azoge, als I dreißig wor. Oder a anneres Beispiel. Auf der Mittagsspitz, in de Alpe, bei ner Wanderung. Mir kinner hen jo immer wandere misse, kei Chance bei dene

Eldern. Also mei Bruder und I vornenaus, uff me Drambelpfad, kaum Schulderbreid. S'isch immer kälder und nebliger g'worre. Mir hen uns duckt, weil mer nix mehr gsehn hän un sinn uff allene Viere obbe akomme. Irgendwann had sich de Nebel glichtet und mer hocke tatsächlich uffem Gipfel, rechts und links en Medel Fels, dann geht's 200 Meder senkrecht nunner. Mir isch himmelangscht gworre, was do hed bassiere kenne. Oders ibliche, mittem Audo, schmale Brick, Laschtwage kommt endgegen, volle Kanne, kei Ausweichmeglichkeit, alles geht zu schnell, un dann sinn doch noch 20 cm Luft zwische meiner Ende und dem Laschder. Oder in de Pfalz, als sich uff de Brischtung von soner Ruine en Schtai lest un I mi im letschte Moment noch zrickruckle kann. Aber was erzehl ich eich, des kennt ihr alle, wenn ihr richtig nach denkt. Seie mer dankbar, dass mer noch dabei sinn. Grad letschtes Jahr in Sri Lanka, du freisch dich ibber des dolle Wedder, die wunderbare Fischgerichte am Schrtrand, ivverall die Tourischte, du denksch an nix Beses. Und dann mach ich a eifache Schnorcheltour mit nem Boot, sogar an Tauchlehrer dabei, die Dihnung kommt, die Brill lauft voll, I krieg kei Luft mehr un des Scheißboot, uff des I me verlasse hab, kommt net bei weil se Angscht hen vor de Klibbe. Hauptsach, des Boot bleibt heil. Ich gschwomme gege die Schdröhmung, gege die Welle, die Lung halb voll. I hen denkt, jetzt isch Schluss, mit 65 ich jo net zu frieh, frieher sinn die Leid ja mit 40 scho gschorbe. Aber so richtig schterbe will mer dann noch net. I bin schwomme wie en Verrickter. Wie sie sehe mit Erfolg.

Warum I immer so domm gugg

Also mei Mudder, wo se noch net so komisch war, hed ons folgende Gschicht aus ihrer Jugend als Lehrmädle erzählt. Sie isch zum Großhandl gschickt worre, se soll a Dose „Obenisodom" kaafe. Nadierlich isch se uf den Jux neigfalle : „ O ben I so dom". Des gab's nadierlich net unn mein Mudder hed si geschemmt deswege, dass se donach fragt hed.

Also, I kann des gut verschtehe. Allerrit versucht doch oiner, oim zu zoige, wie bled mer isch und nadierlich, wie gscheid er oder sie dagege isch.

Scho als Kind hen I des blede G'sicht kett. I hen in de Schul zum Fenschter naus guckt und de Lehrer hed me nadierlich extra uffgrufe, um mir zu zoige, dass I net uffgepasst heb bzw. wie bled I ebe bin.

Irgendwann im Gimnasium heb I en Saukerl von Deitschlehrer kett, der had mi absichtlich immer uffgrufe, wenn I net gschdreckt heb. Saumäßig raffiniert, der Kerl. Aber dem hen I's gebe. I hen immer gschdreckt, wenn I nix quiest hen, un des war oft. Alla, hen I mei Ruh kett.

Als I dann älder quorde bin, hen I denkt, so geht's net weider, du musch jetzt richtig gscheid wäre, sonsch musch immer in de Eck schtehe oder was mer dann mit dir macht, wenn d' greßer bisch. Also hen I fleißig schtudiert un Abschliss gmacht, an ganze Haufe. Am End heb I noch g'iebt, wie mer ganz schlau guckt. Des had mi im Schpiegel iberzeigt. Viele Leid hen endlich g'sagt, I sei arrogant, was jo nix anneres heißt als dass se Reschpekt vor mir hen und denke, I bin an ganz schlauer.

Aber Freinde kriegt mer mit der Masche net. I hab iberlegt, was I do ännern kennt.

Zerscht hen I Witz glernt, des kamme jo, 's gibt jo gnug Biecher. Die beschte hen I dann g'lernt un bei Fraue hed's ab un zu was g'nitzt. Oder im gesellige Kreis hen die Leid sich dann g'wunnerd und hen gsagt, „Ich wußte gar nicht, dass du auch so witzig und humorvoll bist". Aber des war's net was I here wolld. Des „auch" war des Werdle zuviel.

Un dann hed der Zufall mir g'holfe. In some Lade, wo's lauder Schdaubfänger gibt, also so Zeig, was keiner braucht, un was mer, wenn mer's g'schenkt kriegt, unauffällig schnell weiter verschenkt, nadierlich net an die gleiche Leid, also so Teelichder un Makramielampe oder Unnersetzer aus gewalgder Wolle, also in so me Lade hen I au a wunderbars kloines Schild gfunne. Die hen jo viele schlaue Schprich uf dene Schilder, z.B. „Ich bin nicht alt, ich bin retro" oder „A house without a dog is no home" un so. Aber mei Schild war wie g'macht fir mich: „Wenn man intelligent ist, kann man sich dumm stellen, umgekehrt ist es schon etwas schwieriger". Seidher gugge immer a bissle bled, erzähl, dass I au schon so vergesslich wär, geb' endlich zu, dass I au Rosamnde Pilcher guck, un däglich hen I mehr Freind.

Di Konscht der gude Gesprächsfiehrung

Also, in die BNN sinn allerrit so Azoige, wo so Männer, also I glab, des sinn dadsächlich immer Männer, so Vordräge halde ibber so wichtige Sache wie „Dorchsetzungsvermögen, Vermegensaufbau, Wie lese ich die Gedange von annere Leid" un so. Un die Vordräge koschte immer a Menge Geld. No, hen I denkt, fir die Leid, die mei Buch lese dun, un des freiwillig, sollte au Mol was schreibe, was dene nitze due kennt, un zwar fir umme.

Also, wie obbe scho schdeht, mei Thema isch „Di Konscht der gude Gesprächsfiehrung". Viele Leid sin sich do usicher. Meischtens herd mer, mer soll's Maul halde und die annere agugge, also net ind' Zeitung, wie's die Männer oft mache oder uf's Hendy, wie's die Fraue oft mache, oder uff de Bode, wie

Kinner, die was verbockt hen. Also oft ind Auge gugge, und nix degegen sage, dafir lieber efder „Ja, ja" oder „Das verschdeh ich gut" oder noch besser, als frage, wenn mer was net sofort verschdanne had. Meischtens is des fascht so gut wie a Psychoderapie, wenn jemand oim richdig zuherd. Also privat nadierlich. Dass oim d' Worschtverkeifering zuhert, isch jo selbstverständlich. Die verzählt oim jo au net ufragd ihr Lebe, odder? Also au die Leid net unnerbreche. Au Radschläg wolle die meischte Mensch net habbe, sogar wenn se umsonscht un gut sin. Sie wolle immer selbscht druf komme. So isch des hald, umständlich abber ‚s geht net schneller. Nor ganz wenig Leid sage: „ Des isch a gude Idee, do bin I noch gar net selbscht drauf komme". Viel mehr sage: „Oh, jetzt muss I abber wieder, des Esse schteht die ganze Zeit uffem Her" odder „Oh, darieber wollde ich oigentlich gar ned redde." Abber jetzt kommt's, also nach dene allgemoine Reggeln, was macht der gude Gesprächsfierer, wenn's mol uagrem wird? Also, do heb ich an gude Radschlag, wie g'sagt ganz fir umme. Frieher, also wo i noch an junger Mann war, hen I ab und zu im städtische Klinikum als Aushilfspfleger g'schafft. Damals war die Chef von de Pfleger und Schwestern (so hen sie frieher noch g'heise, also net „Pflegefachkraft") des war kei Chef, sonnern a Chefin. Un die Schwestern und Pfleger ware weiß gekleidet, sie abber schwarz. Wenn die uff de Station uffgedaucht isch, hen alle gekuscht, des Pflegepersonal un die Ärzte. Des glaubt mer koiner, der net dabei gwese isch. Wie se des g'macht hat, kei Ahnung, aber alle ware muxmeisle-schtill. Vielleicht hed's damals scho so en Kurs gebe wie ‚"Personal auf Trab bringe, Level III". Also, wenn's den gäbbe hed, hed die Oberssschwester, so hieß die, den net nedig kedd.

Also, oines Tages, I weiß noch wie heid, kommt des schwarze Monschter in de Flur von dere Station C31. Des ware und sinn so alte Heiser mit ganz hohe Decke noch us de Zeit vorm erschte Weltkrieg, also zu Markgrafs Zeiten, also die Reim henn a wahnsinns Resonanz kett. Ei Word im Flur g'sagt und s'hatt g'halld, das jeder Patient onner de Bettdeck uffgschreckt isch. I weiß net warum I desmal ihr Opfer gworre bin, vielleicht mei lange Haar, damals, also frieher, wo des noch was b'sonners gwese isch. Oder sonscht was, s'isch jo au egal, jedefalls had se was in ihrer schneidende Schtimm zu mir gsagt. Also damals heb ich noch koin Kurs in „Guter Gesprächsfiehrung" gmacht, die koschte heid so 40 Euro, also nei, so viel Geld hen I als Schtudend net kett. I muss sage, eigentlich heb I gar nix ibberlegt, wo I sonscht so viel ibberleg. I hen nor quist, das I nix falsch g'macht hab. Un das I des Keife net verdient hen. Ich hab de Mund uffgemacht un hen net gsagt „ Ja, ich verstehe sie vollkommen", sondern hab se agebrilld, I weiß nimme was I alles g'sagt heb, jedenfalls war's laud, weil sogar die leicht gehbehinderte frisch operierte Patiende sinn us de Zimmer komme. Des wollde alle agugge. Ich weiß au net, ob die Oberschwester noch was g'sagt had, jedenfalls war se dann pletzlich fort. Ich heb me net g'freud, aber au net Anscht kappt um mein Job. Einfach nix. Abber nadierlich war ich dann g'schbannd, als I aus irgendeim Grund a paar Dag später ihr was hab bringe misse. Die Frau, die jeden zur Schneck gmacht had, der ihr mol widersproche had, had sich heflich mid mir unnerhalde, kei beses Word isch ibber ihre Libbe gekomme, un ab un zu had se auch gelächelt, sie hen richtig g'hert, gelächelt. Ich verschteh's bis heid net, was domols bassiert isch, aber vielleicht hed se denk, endlich oiner, der so isch wie ich, endlich.

De Pierre

Friher, als ich noch jung war un a End g'fare hab, war ich mol unnerwegs von Siedfrankreich z'rick. Un weil I selber noch friher, also wo I noch koi eignes Audo kept hen, selber geträmpt bin un des kenn, wenn mer stundelang an de Stros schteht, un noch un noch immer bedröbbelder denen Autos hinnerher guckt, in dene oi Fahrer sitzt un dann schtur gradaus guckt, als ob mer net do wer, als ob do koiner steht, der de Finger rausschreckt, also deshalb hen ich angehalde, obwohl der Kerl, der do schtand, net grad verdrauenswirdig ausgsehn had. Die Hos und die Kleidung soweit O.K., aber die wuschlige Haar, der zoddeligge Bart ? I weiß net, ob I den heit noch mitnemme wird. Jedenfalls hab I a'ghalde, der had heflich nach Weg und Ziel gfragt un ich dann eigschiege. Mer hat ihn prima verschdande, obwohl der aus der Schweiz kam. Kei Wunner, wenn mer grad durchd' Schweiz fahrd, wersch sage und do hasch recht. Aber des isch net wohr. In de Schweiz schwätze se do mol deitsch, woannersch italienisch oder französisch. Un dann gibt's noch des Schwitzerdeutsch. I war mol mit'm Udo un a paar annere Leid in de Näh' von Bern, des isch die Hauptschdad, uffm Dorf. Do hen mer an eim Tisch g'sesse mit em junge Pärle. Also, I sag jo, Dialekt isch gut, aber I hed doch gern ,was verschdanne, was die in dene zwei Schtunde g'redet hän. Aber Fehlanzeig. Ich hab kein, kein einziges Wort verschdanne. Un des, obwohl des Alemannische dem Schweitzer dialekt ähnlich sei soll. Also Dialekt ja, aber es muss Grenze gebe. Kommen wir zurück zu der G'schicht mit dem Pierre, bevor I mi weider uffreg.

Also, des war de Pierre un er war grad uff em Weg von de Kirschernte, wo er jedes Johr gschafft had, nach Zirich. Er hat erzählt von soinere Saisonarbeit, wie er uff em Baum gsesse isch und immer en Korb gefilld had und dabei sich noch de Ranze mit dene köschliche, reife Kirsche g'filld had. Ja, g'lebt had de Pierre nirgends und deshalb had er irgendwann g'sagt, I soll mol rechts naus fahre in de Wald. Wenn mer jung isch, denkt mer sich nix dabei bei so ebbes. Also hen ich's gemacht. Mer sinn an einer Waldhüdde akomme und weils dunkel war, hen mir unsere Schlofseck ausgepackt un uns auf die sauharde Holzbänk g'legt bis zum frihe Morge. Do had de Pierre scho gwisst, was als nächschdes a'steht. Mer sinn zum Bauer g'fahre, weil des grad die Zeit war, wo die Kieh ferdig g'molke sinn. So Sache had de Pierre hald g'wist. Er hat für a paar Rappe Milch, sozusagen frisch von de Kuh getrunke. I ah. Dann de zweide Gang. A rohes Ei gschlozzd, ohne Salz. Scho gings wieder. Zwei Stunde später solld' I wieder ahalde, mir zwei durch de dunkle Wald, wenn I heid dran denk, denk I, wie naiv kann mer denn als junger Mensch sei, also mir immer diefer in den Wald nei, plötzlich taucht do a Fabrik uff, Firma Kelloggs, wie sie leibt und lebt. De Pierre wusst nadierlich, wie mer do neikommt, had mid de Arbeider verhandelt, die immer a paar verdrickde Kartons ghebbt hen, die mer net had verkaufe kenne, und fir 2 Franke sinn mir mit einem mordskarton voll mit Cornflakes und Crispies abgezoge. Verhungert isch de Pierre nie. Mir henn noch Milch kett von denne Kieh und dann gabs au scho Middagesse.

Mid vollem Mage isch mer nachgiebig. Jetzt hed me de Pierre noch gebede, an klainer Umweg zu fahre auf meinere Roude. Er wollt sei Mudder im Aldersheim bsuche.

Als mer dort ankame, had ihn sei Midderle, die war sicher scho 80 Johr alt, umarmt und er sie. Sie had glächelt, dass er immer brav bei Ihr vorbeischaut. Un dann had se ihrn Bub, der sicher au scho 50 Johr als war, aber kritisch agschaut un gsagt: „Pierre, fais moi un plaisir, rase toi". Das hen I verschdanne. Abber ehrlich, wenn de Georges Moustacki vor ihr gschdanne wär, also wenn sie den kennt hed, glaubed Sie, dem häd se sgleiche gsagt?

Birdwatcher

Neilich, wo I mid dem Fahrrad von Paris nach London gradelt ben, also kai Applaus bidde, des war midem E-Bike, I ben net sportlich, un nach oiner Woch war I scho widder z'rick, weil mir nur ,sfahre Spass macht, London had me net so inneresiert. Obwohl, die Fahrradweg sinn so broid wie die Schdros von Eddlingen nach Eddlingeweier, also erschte Sahne. Meischdens war ich ibber der Erde ohne die ewige unnerirdische Gäng schneller als mit de U-Bahn, ehrlich. Des ich au echt a ganz neie Perspektiev, so mid dem Fahrrad, mer isch so schnell, es gibt koi Gedrengel mit de Audos, kai Schlangschdehe vor dene

Kontrollkeschde in de U-Bahn, also ich kann's nur empfehle. Verflixt, jetzt hen I me widder verfranzd, des wolld ich doch gar net erzähle. Wo bin I schdehe geblibbe?

Ah so, Radweg von Paris nach London. Des heist ibrigens „Avenue verte", so was wie griene Autobahn. By the way, neilich had des de unser Umweltminischder Herrmann au vorgschlage. Der isch voll up tu date. Allerdings had der verschlofe, dass es des in England schon seit 10 Jahre gibt. Zurück zu dene Autobahne fir Fahrräder.

Oft hen se so ehemalige Bahndrasse aifach umgebaud fird' Fahrräder. Des isch echt gail, mit 120 uff de Fahrradaudobahn. Alla, des isch en Scherz. Also ibber de Kanal, wie des Meer do heist, bin i nadierlich middem Schiff. Von Dieppe nach Newheaven. Und kurz hinner Newheaven isch's dann bassiert. Midde in de Pampa hen I mi forchtbar verfranzt. Kai Schilder, dafier gleich a paar Kiesweg, I nadierlich kei Navi, fir was braucht mer so en Klomp. I denk, nai I hen nix denkt, kai Ahnung wo I war un wie I rauskomme soll aus denne unendliche Wiese. Un weid und breit kai Sau. Und pletzlich seh I de erschde. an Birdwatcher. Abber was des isch, hen I z'erscht net gwisst. Es isch eher a bissle uheimlich gwese. Do schdeht a Mann, midde in de Wies, sieht so a bissle aus wie en Ferschter, steht do un guckt, macht aber sonscht nix. Guckt der vielleicht auf mich ? Un pletzich seh i, do sinn noch mehr, sehn genauso aus, stehn do, gugge, dun nix. Also bei uns in Eddlinge, do laafe die Leid zielschrebig oder renne sogar mit so

Leichtkleidung, damit mer se besser sehe kann, abber so was gibd's bei uns net. Irgendwann hen I me vorsichtig agepirscht und geguckt, ob die echt sinn, kennde jo au so Vogelscheuche sei. Also, des ware Birdwatcher, also ausgewachsene Männer, die mid oder ohne Feldschdecher in de Gegend rumgschdanne sinn und Vegel zuguckt hebbe. Di ware dann au ganz nett, hen mer gezeigt, wie I aus dem Wirrwarr von Weg wieder auf mein Fahrradweg komm. Wirklich, sehr nett. Und heflich.

Überhaubd. Frieher, also wo alles noch besser war, war ich mol mid'm Downie, meim Kumpel, scho Mol in England, gedrämpt nadierlich. De Downie isch heid Klempnermeischder in Oberweier, nur so am Rande. Mer had in England net lang rumstehe misse, allerit hat eim einer mitgnomme, aimol sogar hinne uffm Lieferwaage. Midme Offizier hen I lang rumdiskudiert übers Milidär, ich als Kriegsdienschtverweigerer, aber hallo. Aber der Offizier war so freindlich, had uns net nausgschmisse. Immer freindlich. De Hammer war dann in Southhampton. Es had gnieseld, s'Wedder isch jo oft drieb in England, die Jugendherberg die bei dene YMCA heißt, war ausgebucht, fir a Hotel kei Geld. Do hemmer uns unner so a Vordach vom a große Haus g'legt. Des war abber a Bank. Nachts um was weis denn I wieviel Uhr komme zwei Bolizischte, so richtig mit denne lange Hiet und wolle unsere Ausweis kontrolliere, frage uns, warum mir do so ligge. Man höre und schdaune, sie frage uns, sie rede mid uns, packe uns net am Krage und schmeiße uns raus. Mir hen uns gut unnerhalde. Zum Schluss hen se gsagt, mir solle bidde for Öffnung der Bank unsere Schlafsäck abräume. Also, es gibt ja auch bei uns freindlche Bolizischde, wie z.B.der Herr Maisch von der Freie Wähler, aber so was freindliches wie die in England, uglaublich. Hald a Volk von Birdwatcher, viel Zeit, viel Ruhe. Also i kann England nur empfehle.

Superior Suite

Wemmer ädler wird, kommt mer monchmol auf ganz komische Ideen. Unsere war, dass mer uns mol was ganz Besonneres leischte kennde. Unser Reisebüro had gsagt, mer solle Orlaub mache in em Golf Hotel in Malle, un zwar in einere Superior Suite.

Des isch echt was Neues. Sonscht hämmer immer Orlaub in Frankreich am Atlantik gmacht, ganz birgerlich mit em Zelt un Luftmadraze. Mei Frau had gmeind, in unserm Alder will se nemme uf alle Viere ins Zelt krabble, obends kei rechts Licht, im Schlafsack isch's au ziemlich eng un mer hert halt so viel, was mer net heere will. Wenn d'Kinner vom Zeltnachbar plärre, so um 2 Uhr in de Nacht, weil se ihrn Schobbe wolle. Em Schlimmste war's, als a paar junge Leid, es ware Franzose und wirklich nett, aber nur bei Tageslicht. In de Nacht hen se sich so viel zu erzähle ko, dass I irgendwann en Schraier g'lasse heb, damit sie endlich d'Gosch halde. I hen nadierlich französich g'schriee, des klingt immer heflicher, wenn mer schreit „Ferme ta Gueule!" anstatt „Hald endlich dei Lapp!"

Außerdem sin mer des letschte Mol im Zelt g'schwomme nach so em schlimme Platzrege. Also, warum erklär ich des alles, heb I gar net nedig, also, wir mache jetzt Urlaub in de Superior Suite.

Ich muss sage, es war echt a Umstellung. Kai Kinner durfte in des Hotel, 's war ganz ruhig, fascht zu ruhig manchmal. Des Zimmer hat en Sofa kett, die Bedde ware a'gnem, net zu hard und net zu woich. Des Esse, a riesige Auswahl, mer had gar net alles essen kenne, ich hab's probiert, aber nach zwei Deller voll Frihstick ging nix mehr nei. Der Pool war groß g'nug fir mich und vielleicht noch ein annerer, der in die anner Richtung g'schwomme isch, aber Gott sei Dank sin net noch mehr in des winzige Pool neigange. Der Blick nadirlich Meerblick. Des glaubsch net, was die zammebaue, damit mer aus jedem Fenschder auf's Meer gugge kann, zumindescht a bissle. Des Bad war de Hammer. Iberall gelber Marmor, des hen mir daheim net. Un des Besonnere: Wenn nachts mied warsch und hesch uffs Klo misse, hasch dein Kopf direkt uf des Waschbecke lege kenne, ganz entspannt.

Nur oins war net so gut. Im Hotelfach lernt mer immer, mer soll freindlich sei zu de Leit. Aber die meischte vom Personal hed noch net den Grundkurs beschtanne khabbt, also jedenfalls had's immer so agschrengt ausgsehe. Des blede war, dene Leid hasch net aus'm Weg gehe kenne. Uffm Campingplatz war des besser. Un ibberhaupt,so en Campingplatz had au sei Vordeile. Allerrit rennt a Kind vorbei un lacht de au noch a.

Freindliche Leid un vielleicht au Freinde finnsch bei so viele Campinggäscht immer. Im Superior Hotel heb ich mid de Leid nix zu tun kett, kei Auto us em Sand schiebe, kei gegeseidiges Wohnwage agugge, kei Spondanfederball oder Boule.

Aber des wichtigschte kommt noch. Mer konnt im Hotel sogar upgrade, also fir noch mehr Geld a noch besseres Zimmer kriege.

Aber dann heb i nuffguggd zu denen Premium Suites. Die sinn ganz oben, habe den perfekde Meerblick und an oigneer Wirlwool. Do schdand an Mann mid em Feddranze, voller Tatoos und seine dazu passende Gaddin. Also, so dief, hen I mir denkt, bisch jetzt doch net g'sunke.

U-Strab (Volklied)

I schteh im Stau, am Kühle Krug fängt's scho a,

I schteh im Stau, de halbe Kriegsschross lang,
Bauarbeide, wohin du auf fährsch,

warum had uns des vorher niemand erklärt?

Refrain

Wir bau'n die U-Strab, des isch doch ganz klar,

Was Schturgarder kenne, des kenne mir a,

a bissel kloiner isch net akzeptabel

wir wolle unsere Schtrasebahn ganz vergrabe.

2. I I schteh im Stau in de Klotz Alaag,

I schteh im Stau, auf de Autobah,

Am Durlacher Tor, do geht's scho los,

was isch oigentlich mit meim Navi los.

3. Wer hat des gschelld, wer soll des zahle,

wenn I dran denk, krieg i graue Haare,

Die Schdat geht fascht pleite, aber des isch uns egal,

mir freie uns uf de nägsche Skandl.

4.Bald fahr mer nei, gleich werd es dunkel,

glei widder raus, mer hen s'Sonn gfunne,

Des isch wie Dribbsdrill, nur a bile deirer,

des leischte mer uns von unsere Schteiern.

5.Jetzt fahre mir Schdroßebahn, vielleicht war des de Plan,

Mer schaun uns Karlsruhe, mol ganz annerscht a,

Die Ettlinger Schdroß isch a großes Loch,

So was hemmer noch net ket, so was suchte mer noch,.

6. Mer sen Tourischte, in de eigene Schdat,

mir fahr'n vom Markplatz über'n Friedhof

nach Dorlach nab,

Wenn'd Guilia schreikt un's Wasser eibricht,

des isch a Gaudi über die jeder schpricht.

Wo gehsch du no, wennd' aloi bisch (Lied)

Do schwetsch wie'd Maria Furtwängler,
un du tansch wie a göttliche Frau,
die Mode isch vom Designer
un du hasch Perle um dein Hals.

Du lebsch in em schicke Appartment
in Düsseldorf uff'm Kö
Du hasch deine Stones – Platten
un a die vom Andre Rieux.

Aber wo gehsch no, wend aloi bisch
wenn aloi bisch in deim Bett
I weiß was der im Kopf nungeht
I bin der, wo di verschdeht.

I kenn dein ganze Diplome
died an de Uni hasch kriegt
Un des Bild desd vom
Neo Rauch hasch
du machsch jeden in die verliebt.

Du gehsch in die Sommervacation
Du gehsch nach Nizza un Cannes,
un du trägsch en Bikini von Armani
und hesch en deftige Sonnebrand,
auf deim Rücke und die Bei.

Im Winder bisch au in Gschdaad
mit de annere reiche Leid.
un du nippsch dein Napoleon Brandy,
Aber die Lippe were net feicht.

Ma kennt dich bei de obere Zehndausend,
du kennsch de Henkel un d' Quandts,
Wenn mer der an Diamant schenkt zum
Geburtstag
ich des fir di nur en Tand, ha, ha, ha.

De Henkel moint, wenn du mal heredsch,
dann nur en schicker Millionär,
aber koiner wois wo du herkommsch,
des zu ahne, isch ganz sche schwär.

Ich erinner mich an die Gass in Neapel,
zwei Kinner die beddle im Dreck,
ganz scharf druf mol do naus zu komme,
nix wie weg mit de Lumpe, nur weg.

Ich weiß, wo du herkommsch, mei Kleine,
Wo die Gedanke sinn in deim Bett,
I weiß was de umtreibt in de Kisse,
I bin der, wo di verschdeht.

Doppeldecker

Also, zuersch muss die Psichologie von dene wichtige Persone erzählt were, so als Eifiehrung, sonscht verschteht mer nix.

Mei Frau isch aus Spielberg. Ich heb immer gedraimt von oiner Französin, aber am End bin I in de Näh fündig g'worre. Mei Frau hat sich au en feiriger Spaghetti gwinscht, passend zu ihrer herrlichen schwarze Mähne, un se hed me trotzdem gnomme.

Also mei Frau had als Kind saumäßig viel im Krankehaus ligge misse un war oft alloi, weil die Klinik war in Heidelberg un ihre Eltern ebbe aus Spielberg, un des isch halt net grad ums Eck, wenn mer koi Audo had.

Sie had sich immer eigesperrt g'fielt und seither isch sie a Frischluftfanatiker. Allerrid reist se die Diere und Fenschter uff, teilweis weil's nach Esse riecht oder was anneres riecht, oder zum Durchlifte oder aifach so. Des isch manchmal a bissel brenzlig, wenn I dringend im Parterre ufs Klo muss, die Hos scho halb runnerglasse und dann guckt eim der Herr Nachbar durch's offene Fenschter a un griest freundlich. Aber sonscht isch des scho O.K. Mer soll jo au lifte wege de Feichtigkeit im Bad un so. Im Sommer isch des au wunderbar. Aber neilich hat's mich mol widder eiskalt erwischt. I komm vom Fernsehe ins Schlafzimmer, die Fenschter schtehe nadierlich uff, und s'hat so 2 Grad minus im Schlafzimmer. Normalerweise, jetzt kommt mei Psychologie, muss bei mir alles ordendlich sei, die Bettbezüge passend zum Spannbetttuch un so, die Vorhäng in einem dazu passenden Ton. Damit alles passt, heb I mich braf unner die Bettdeck g'legt, s'war immer noch die leichde vom Sommer un heb, des isch au mei Psychologie, net uffgemuckt, wege de Psychologie von Nr 1 und hen hald die halbe Nacht gschnadderd unner de Deck. Aber I sag's ihne. De nächschde Dag hen I all mein Mud zusammengromme und hen nachts, wo mei Frau des net sieht und wo ich's au net seh, die eklige gelb-rot-weiß geschdreifte Deck aus'm Kinnerzimmer g'holt und ibber die annere Deck g'legt. I war ganz schdolz uff mi. Un unner dem Doppeldecker henn I dann warm und glicklich endlich durchschlafe kenne.

De Franz Alt und I

Franz Alt, für die jüngeren unter Ihnen, war zu meiner Zeit eine bundesweit bekannde Persönlichkeit. Er hat „Report" in Bade-Bade moderiert, hat Vordräge g'halde und viele Biecher gschriebe über Jesus, Windenergie und Atomkraft, also en sehr gscheiter Mann mit Ideen, die sich immer erscht durchsetze, wenn mer nimmer am Drigger isch.

Abber, jetzt kommt's, de Franz Alt war net immer beriehmt, der hat sich sei Spore erscht verdiene misse. Er hat unner dem Kinschdlername „Franzesco Altini" uf de Derfer gezaubert. Aimol au in Eddlinge. Ich nadierlich no, weil domals hen I grad „Der kleine Zauberer", so en Kardonn mit Schnier drin, die mer hed abschneide kenne und dann doch widder ganz ware. Un mit so Tiecher, die in em Becher verschwunne sin un nadierlich en richtiger Zauberstab. I heb den Schdab ausprobiert und hen 10 DM zaubere wolle. Nix war's. Deswege war mir scho klar, das des mit dem Zaubere nix Reales isch. Un deshalb wollde mol von so em Profi, dem Franz Alt, sehe, wie der des macht. Der isch im Kolpinghaus ufgedrede, ganz ohne Zylinder abber mit em Haufe Schisseln und Tiecher un Karde. S'war ganz spannend. Aber in de Pause bin I vor zum Franz Alt und hen ihm g'sagt, an welchere Schtelle mer g'merkt hat, dass do g'flunkert werd. Er had des gut g'funne. Aber vielleicht war des de Grund, warum I nie in d' CDU eigedrede bin, denn in der Partei war er, ebe als guter Chrischt, wo er war. Erscht viel später, als er sich über den

Helmut Kohl so g'ärgert hat wege dem seiner Kernenergiebolitik, isch er aus derre Pardei ausgedredde. Also, er war einer der ganz Große, au wenn er au kei 10 Mark had herzaubere kenne. Aber wegge dere Pardei war ich ihm um Jahre voraus. I bin nämlch gar net erscht eigedredde. Au wenn I kei guder Zauberer war un au sonsch net de hellschde war.

De Labbeduddel

Friher, als alles noch besser war, war I en heißer Feger. Viele Mädchen, später Frauen wollten was von mir. Aber nicht was ihr denkt. Viel intimer. Die wollde immer rede. Ich bin schdundelang mid denne um de

Robberg rum glaufe, wenn I kilometergeld von dene kriegt het, het I gar nimmer schdudiere brauche. I war der perfekte Fraueverschdeher. Aber sonsch isch nix g'laufe. Vielleicht mol Händle halde, an flichtiger Kuss auf de Backe. Wenn's ernscht gworre isch, wollde se immer die robuschdere Männer. I hen dann de Hund ausg'fiert schdadd meine Draumfraue. Sogar a Terrorischdin war dabei, mit der hen I wenigschdens en Schdehblues danze derfe, aber an d' Wäsch hen I der au net dirfe. Vielleicht war's au besser so, sonscht häddi der aus lauder Verschdändnis noch g'holfe Bombe zu baue. Ja, so schpielt's Schicksal, Ich bin Beamter g'worre un sie had sich hald selbscht in'd Luft g'schbrend. Manchmol isch es au von Vordeil, menn mer a bissle Angscht had und net jeden Bledsinn mit macht. Themenwechsel : Als vor a paar Johr die Ina Deter g'sunge had, „Neue Männer braucht das Land" hen I nur lache misse.

Aber oimal bin I doch noch iberascht worre. A ehemalige Freindin aus de Schul had mir, dem ewige Labbeduddel beim Klassedreffe mit 50 Jahr g'schdanne, eigentlich, ja eigentlich, hed se doch ganz gern was mit mir kett. Also, i will jo nix sage, aber des kommt dann noch a bissle zu spät. Odder?

Ettlingen als Gesamtkunschtwerk

Vor langer Zeit, als ich mol was g'arbeidet hen, un zwar do wo des Jubez steht, also do wo frieher des alde Karlsruhe war, hed's mol en direkte Wettbewerb zwische Ettlinge und Karlsruh' gebe. Un des kam so: Immer wenn sich a paar Schdudende aus Deitschland mol a'sehe hen wolle, wie mer a gude Aldschdadsanierung macht, sinn se nach Karlsruh' ins Derfle g'fahre. Dort hen se dann sehe kenne, wie mer's net mache soll. Lauder fünfstöckige Klötz, richtige Schdroße-schluchde, nix Griens, für die Kultur oi oinzige Stadue von dem Karlsruher Schdarbildhauer, dem Jürgen Goertz, aber des nitzt au nix mehr. Außer de Brunnegasse lebt do nix mehr.

A'schließend hen die Schdudende ,s nimme weid kett, nur 8 Kilomeder, un scho sin se in Ettlinge gwä, wo damals unnerm Erwin Vetter die beschde Altstadtsanierung woid und broid entschdanne isch. Do druf ware mir Ettlinger ziemlich schdolz und dodruf gründet sich au de Ruf von unserer Stadt. Alle wolle nach Ettlinge, net in die oigentlich schöne Derfer außerum, nai, mer will in die Näh von ner große Schdadt und trotzdem in oinere idillische kloine Schdad wohne. Außerdem hen mir nadierlich a Schloss, die Mardinskirch un net vergesse, mir hen sogar en Fluß, die Alb, des macht so en richtige Flair.

Ich muss abber sage, in letschder Zeit bin I net mer so hunnerdprozentig begeischdert von Eddlingen. Nix gege de OB Arnold. Abber irgendwie had sich doch oiniges verändert. Des aldersheim uffm alde Exerle isch en hässlicher Klotzt, danebe soll glei noch so einer entschdehe, des sogenannde Albrün sieht doch net so nach Venedig aus mit Kanäle und so un zwischem Wase und de Eisebahn, do wo friher die Fortuna g'schdanne isch, sieht's ähnlich aus. Un wenn I von Rippur nach Ettlinge neifahr', bin I mer nimmer sicher, ob I immer noch in Ettlinge bin. Sieht aus wie iwwerall, erscht beim Lauerdurm bin I mer widder sicher, dass I do dahoim bin. Ich find, dess isch net b'sonners schlau, denne Karlsruher nachzueifern. Des G'sicht von einer Schdadd verännerd sich nur langsam, aber dann fir immer.

Abschluss zum Schatzkästle

Jedem isch doch aufg'falle, woher der Titel von meim Bichle schdammt, odder? Fir die, di des net wisse: Es gibt ein wunderbares Bichle von Johann Peter Hebel, des hoist „Schatzkästlein des Rheinischen Hausfreundes". Des schdammt aus'm A'fang vom 19. Jahrhondert. Ich hab' viele Sache scho g'lese, wo I eigentlich noch zu jung war, also so mit 15 Jahr, in dem Alder, wo die junge Leid sowieso nur im Tweed oder im Facebook rumhänge, Also des Buch had mir mordsmäßig g'falle. Vor allem erinner ich mich an so en Rätsel von aime Brickegoischt. Der hat versproche, des Geld, was mer in de Dasch hat, wird er verdobble, wenn mer ihm dafir jedes Mol 17 Gulde (oder so) in des

Wasser under der Brick werft. Des End von de G'schicht isch, dass mer am End nix mehr in de Dasch had. Un jetzt soll mer ausrechne, wieviel der Mann, heid werd mer sage, der Zocker, am A'fang in die Dasch ghebbt had.

Die G'schicht isch immer noch aktuell. Wo wird denn heid immer noch, wie mer so neideutsch sagt, „Geld nachgeschosse" und vielleicht isch mer aschließend pleite. Also, mir fällt do nadierlich de Berliner Flughafe ei, Schdudgard 21 und hei jo, die Karlsruher U-Strab. Fir Schdudgard 21 hen se grad neilich a Koschdeschdeigerung, also kei Kosche, a Koschdeschdeigerung von einer Milliarde ausgerechnet. Wissed Sie, wieviel Geld des isch? Mit dem Geld kann mer z.B. schnene Wohnunge fir 5000 Famile baue, oder sonscht ebbes. Also, ihr junge Leid, lest weniger Whatsup und dafier lieber mol de Johann Peter Hebel, vielleicht lernt ihr do noch was, was net im Facebook schdeht.

Nachwort

Wenn dir mei Buch g'falle had, kannsch bei Amazon gugge, was I noch gschriebe hab. Vorwarnung: Die annere Biecher sinn alle auf Hochdeitsch. Also, bei Amazon gugge, aber lokal einkaufe, also des Buch dann beim Buchhändler. Geht genauso schnell, die Leid freie sich und's Geld bleibt bei uns daheim. Un: Die Buchhändler zahle Steuern, was mehr von beschdimme Leid net sage kann.

Herstellung und Verlag:
BoD - Books on Demand, Norderstedt
ISBN 978-3-7460-3581-9